脚本

レマン湖のほとり

永谷宗次

財界研究所

レマン湖のほとり

もくじ

家族構成

レマン湖の診療所兼自宅
【鈴木家の家族構成】

鈴木雄一　七〇歳

平成元年、祖父の強い遺志もあって、祖父が創立した家電企業の全株を処分し、その遺産としてそれぞれ二人の姉弟に分け、自分は父の遺志と自身の意志で東京から妻とスイスのレマン湖畔に移住。小児科医。自宅兼診療所を設立、現在に至る。

幸子（雄一の妻）　六〇歳　主婦

邦夫（雄一の長男）　三五歳　商社勤務

静子（邦夫の妻、山本一郎の長女）　三三歳　主婦

長男・邦夫は嫁・静子と六年前に職場で恋愛結婚。二人には子供ができなかった。二年前、邦夫の希望転勤で夫婦はジュネーヴのその会社から車で丁度、四十分足らずにある、父達の住むスイスのレマン湖のほとりに同居している。

良江（雄一の長女）　二九歳

二六歳の時、スイスで知り合ったドイツ人の青年と結婚。現在、夫はベルリンの銀行に勤務。二人はマンション生活をしている。

ゆき江（雄一の姪）　一六歳　女子高生

ゆき江の母が交通事故で入院したのを機にまた、両親の教育方針もあって伯父の鈴木家で預かっている。

東京郊外に二階建ての自宅

【山本家の家族構成】

山本一郎　享年七五歳

不動産業を若くして設立。壮年期には日本のバブル期に財を築き上げた。その富を長男・順一に継承させ、世界旅行を楽しむ趣味人として余生を送ったが、数年前に他界。

洋子（一郎の妻）　七〇歳

実家は中堅の不動産業を営んでいた。洋子の父は同業者との会合で早くから青年期の一郎を知り、その誠実さと能力を認めていた。他人を介して見合い結婚をした。夫の亡き後は息子順一家族と一緒に暮らしている。

順一（一郎の長男）　四五歳

父からの不動産業を受け継いだが、経営の実務は部下に任せて専ら津軽三味線に熱中し、息子太一をはじめ弟子を数人抱えている。

ふみ子（順一の妻）　四〇歳　主婦

太一（順一の長男）　一四歳　中学生

竹雄（順一の次男）　五歳　幼稚園生

開幕前

【皆様へご挨拶】

本日はようこそ当劇場へ、お芝居をご覧になられるおつもりでお越しいただき、まことに有難く、厚く御礼申し上げます。

キャストの俳優は、それぞれご自分のお好きな方をお選び下さい。

お弁当はお持込みも良し、「幕の内」「おでん」「おそば」

など、予めご予約を承っております。お手洗いは一階、二階、三階とも舞台向かって右側のみにございますので、ご了承下さい。それではどうぞ、ごゆっくりお楽しみ下さいませ。

開幕十分前のベルが鳴る。

マイクから

「皆様、たいへんお待たせ致しました。どうぞお席へお戻り下さいませ。」

客席は徐々に暗くなってゆく。そして天井からは次第に青空の明るい照明が照らされ、アルプホルンが奏でるスイスの伝統的な旋律（ラン・デ・ヴァンシェ）が流れる。

①鈴木家の場

【幕前のすじ書き】

スイス、レマン湖のほとりに住む日本人の家族、鈴木家。

両親（雄一・幸子）は日本が丁度バブル景気に浮かれていた頃、雄一はかつて祖父の強い勧めによりスイスで留学時代を過ごし、新婚旅行にも選んだ懐かしいレマン湖に憧れ、雄一の想いと、祖父が残してくれた遺産を元手にレマン湖のほとりに念願の診療所兼自宅を建て、移住して、もう二十数年になる。

幸い小児科の医師として近隣からも慕われ、忙しい診療の日々を送っている。

長女・良江は三年前、スイスで知り合ったドイツ人と結婚。

現在、ベルリンでマンション生活をしている。

雄一の姪・ゆき江は母の交通事故での入院と将来への教育方針もあって四年前から両親の元を離れ、雄一の家から近くの高校へ通っている。

その家には長女・良江の結婚と入れ替わるように日本から長男夫婦（邦夫・静子）が戻ってきていた。

邦夫は東京の商社に勤めていたが父の希望もあって、同じ商社のスイス・ジュネーヴにある支社が新しく医療器具部門を新設するのを機に、次長として希望転勤してきた。

家は会社から車で四十分足らずの便利さで、両親家族の住むその家は、長男夫婦との同居にも十分の広さであった。

長男夫婦には子供ができなかった。

妻（静子）は初めての外国生活で、優しい夫と、そしてその両親との暮らしは実に楽しいし、緑とアルプスの山脈と、青い湖の環境は日本の都会暮らしとは違ってまことに素晴しく、丁度、夏は避暑地のようだったが…、自分がスイスへ旅立つ前、急に亡くなった父への思い、そしてその悲しみを堪える母のこと…、しばらくするとこの都会とは違う単調な、しかも言葉もまだたどたどと難しい生活、何より一番心を痛めている子供ができないことへの自責の念が、次第に自分自身への不安な思いへと落ちていった。素晴しく思えたこの場所も徐々に馴染めなくなっていった。

これから訪れる早い秋から冬へのこもりがちな生活を考えると、更に寂しさが一層重くのしかかるばかりであった。

【幕が静かに開く】

そこはカーテン越しに良く晴れた、まるで絵の様なアルプスを背景にレマン湖畔を眼下に望む、美しい、明るい鈴木家の部屋がある。

高校二年のゆき江はうきうきと玄関から帰ってくる。
大きな美しいパッケージを持って、喜んで帰ってくる。

ゆき江「おば様！ただいま。今日はね、学校の夏季の教授会があってね、午後は休校なの。ですからみんなで食堂でお昼を食べて、そしてね、おば様、学校のお友達からお食事の時、見て！こんな大きなお誕生日のプレゼントをもらったのよ！」

ゆき江は嬉しそうに、テーブルで早速包みを開けてみる。そこには可愛い金髪の赤ちゃんの人形が入っていた。

ゆき江「わー、嬉しい!可愛い!」

娘は頬ずりして喜んでいた。そこへ母・幸子が入ってきた。

幸子「お帰りなさい。夏休みなのに本当にお勉強たいへんねえ。まあ、素晴しい!可愛いお人形!どうしたの?」

ゆき江「ん!仲良しのお友達5人から、お誕生日プレゼント!って、いただいたの。」

幸子「まあ、あなたのお誕生日、皆さん知っていらっしゃるの、どうしましょう！こんなに可愛い赤ちゃんが、お家にお嫁に来て頂いて！そうね！今度の日曜は皆さんをお呼びして、お食事会を致しましょうね。」

ゆき江「本当！おば様ありがとう！是非お願いね！私、早速みんなに連絡する！」

ゆき江は嬉しさ一杯に人形をサイドボードの中央に置いて、

ゆき江　「可愛いベビー、いらっしゃい！あなたは何と言うお名前？」

人形に話しかける。側で

幸子　「あなたがお決めなさいよ。」

ゆき江　「私！分からないわ。お姉様に決めて頂こうかしら？」

嫁（静子）は困惑した様子だったが、一生懸命明るく静子「あなたが頂いたベビーちゃんよ。あなたがお決めにならなければ、折角下さったお友達に失礼だわ。」

ゆき江「そうねー。私、金髪の女の子にお名前をつけるなんて、考えたこと無いもの…。困ったわ。どうしよう…。」

母・幸子、二階から

幸子「ゆき江ちゃん！貴女の部屋をもう少しキレイにしなさい。皆さんが見えた時、みっともないでしょ！」

ゆき江「はーい！」

ゆき江はテーブルの菓子をつまみながら二階へ上がって行く。（一人になった静子）

静子はサイドボードのお人形を抱いて頰ずりする。

そしてそっと元に戻す。部屋の広く開いている庭からは、カーテンを通してアルプス山脈の映るレマン湖が見える。

実に美しい景色とは裏腹に、静子は寂しい思いに立ちすくむ。

そこへ昼の休憩で、父・雄一が診察服姿で聴診器をぶらさげて、同じ棟の診療所から帰ってくる。

雄一「ただいま！お母さんは？」

　ハッとする静子。

静子「お帰りなさい、お父様。お疲れ様です。お母様は今、お二階でゆき江さんと片付けものをしておりますの。」

雄一「お前、何だか沈んでいるな。何かあったか？」

静子「別に何でもありませんわ。お父様こそお仕事でお疲れでございましょう？」

雄一「まぁまぁだ。今ね、風邪が流行っているんで忙しいんだよ。今日も沢山、子供の患者さんが来て、本当は今日、午前中で休診なんだが、まだ風邪ひきの子供達が待っていると思うと可哀相だからね、ついつい昼までの休診を先に延ばしてしまったよ。子供はね、本当に可愛い天使だよ。」

静子は聞いてはいるが、何かを考えている様だ。が、ハッと思いなおして、静子「お父様、それはさぞお疲れでございましたでしょう。お食事はどうなさいましたか？」

雄一「ありがとう。今、診察室でね、珍しくコーヒーと、子供さんのお母さんから頂いたサンドイッチを食べてきたから結構だよ。」

　父は診察服を脱ぎに階段を上る。途中、サイドボードに目をやって

雄一「ほー、かわいいお人形さんだねー。どうしたんだ

い？」
静子「ゆきちゃんが、お誕生日のプレゼントってお友達からいただいたそうですよ。」
雄一「そうか、もうあの子の誕生日かぁ。早いなあ。あの子を預かって四年が経つか……東京のご家族もご心配だろう…。私達もゆき江ちゃんに何かプレゼントを考えてやらなきゃ。静子さん、君に任すよ。百フラン位でいいだろう。」
静子「はい。分かりました…。ゆきちゃんに何か喜んでいただけそうなもの、考えてみますわ。」

静子はなぜか浮かない寂しさをたたえ、キッチンへと入って行く。

ゆき江が二階から降りて来る。

丁度その時、ベルリンから電話がかかってくる。

ゆき江　「ボンジュール。あら、良江お姉様！お久しぶりです。え！私？とてもハッピーよ。お姉様はお元気？え？ご妊娠？おめでとうございます。男の子さん！うわー、よかった。お姉様、すごい！旦那様、何ですって？

そう、良かった。今、お母様と変わりますわ。おば様たいへん！良江お姉様、ご妊娠ですって！おば様、早く、早く！男の子らしいって！今、おば様と変わります。」

幸子「良江！しばらく。あなた、本当！私達もお父さんと随分心配してたのよ。良江さん、おめでとう！本当に良かったわ。男の子ですって！あなた三か月でまだそんな事分からないじゃない。

そんな気がするって！男でも女の子でも、どうだって有難いじゃありませんか。ご主人も喜んでいらしたでしょう…。

あちらのお父様、お母様へもご連絡したの？喜んでおられたでしょ！あなたの責任ですものね。良かった。あなた、食欲は？

…良かった。お腹の子のためにも、一生懸命食べてね。やっぱり生まれてくる子が好き嫌いのないように、何でも食べるんですよ！そちらは風邪はどう？こちらは流行っているから、十分注意して下さいね。

…まだ三か月は大事な時ですから。普段の生活にも注意して下さいよ！何か必要なものがあったら、すぐ届けるわよ！何でも遠慮なく言ってちょうだいね。ご主人によろしくね！良江！、改めておめでとう！」

幸子はニコニコと急いで二階へ上がっていく。

静子はキッチンの入口を前に、電話の声を聞いていた。黙って佇んでいたが、気を取り直して、何気ない表情で居間へ入ってくる。

長男・邦夫が自分で運転する車でいそいそと帰ってくる。

邦夫「ただいまー。ただいま！お母さんは？」

キッチンから出てきた静子は元気よく

静子「お帰りなさい。お疲れ様でした。お母様はゆきちゃんとお二階で、今度の日曜日にお友達がいらっしゃるのでお片づけをしていますのよ。お父様も今お戻りになって、お二階の書斎でお着替えにいらしたわ。あなた、コーヒーかお紅茶どちらにします？あ、そう、そう、昼間あなたのお好きなショートケーキを買ってきましたのよ。お召し上がりになります？」

邦夫は洋服かけにジャケットを掛けながら

邦夫「ありがとう。コーヒーか。コーヒーがいいな。ケーキも欲しいよ。昼はいつもの所で済ませてきた。」

静子「あなた、あそこがそんなに気に入っていますの？」

邦夫「別に気に入る程の店じゃないけど、いつもの日替わりメニューであそこに行けば黙っていても出してくれるし、気心が知れていて、気が楽なんだなー。」

静子「でもあなたはこの二年で随分こちらにお慣れになりましたわね。」

邦夫「子供の頃はペラペラ喋っていたんだが、日本での学生生活は日本語ばかりだったろう、第一、ここの家での会話はみんな日本語だったからね。会社の方も結構日本人の社員が多いから、ついつい日本語が便利で、昼飯も行きつけが一番面倒くさくなくて気軽なんだ。だから結局、いつものランチで済ませてしまうんだな。」

静子「私もそうよ。何だか何となく分かってくれているお店で買うようになってしまうの。そんな事じゃいけないと、いつでも思ってはいるんですけれど。」

静子はキッチンへコーヒーとケーキを取りに行く。

邦夫は朝刊に目を通している。どこか遠くから、教会の鐘の音が流れてくる。
　静子はコーヒーとケーキをお盆に載せて、テーブルに置く。

静子「お待ちどう様でした。少し薄めにお入れしましたわ。」

邦夫「ありがとう。それはそうと、静子！お前、この間の検診どうだった？先生は何て？」

静子「大した事は無いようなことを言っているんですけど…。」

邦夫　「何だい？その『ような』とか、『けど』って？」

静子　「先生の言葉がもう一つ分からないのよ。それだし、変なことを言われるの、私、怖い気がして。」

邦夫　「しょうがないな。だからお母さんについて行ってもらいなさいと、あれだけ言ったでしょう。」

静子　「だって、こんな事でお母様にご心配をおかけするの悪いでしょ。」

邦夫「食欲は？」
静子「あるわよ。あなた、心配しないでね。それより、お仕事の方は？」
邦夫「うん。ともかく日本の景気が悪いから。中々、どこの企業も設備投資に慎重でさ、良い返事がもらえなくて困ってるよ。それより静子の方が心配だな。大丈夫だと良いんだがな…。静子のお父さんはたしか癌で亡くなったんだろう？」
静子「そう。でもお父さんは呑み助だったから。肝臓癌で亡くなったの。タバコもスパスパやってたし。」

静子はそっと、亡き父を想い出している。

邦夫「君のお父様は事業家で、実に懐の深いご立派な方だった。お前のことを本当に愛していたから…、君との別れはさぞ辛かったと思うよ…。あの大きな頑健なお父様が、あんなにも早く亡くなってしまうとは、全く想像もできなかった。」

静子は多少涙ぐんだが

静子「ありがとう！それより、あなたのお父様こそご立派ですわ。お若くして単身でスイスに来られ小児科医院を開業なさって、そしてお母様を東京からお呼びになって、ご夫婦で一生懸命今日をお築きになったんですもの。どんなにかご苦労があったか。なかなか東京でも生活すること自体が大変だと言うのに…。私、いつも本当にお父様をご尊敬申し上げておりますわ。」

邦夫「いや、父は元々ここの医科大を出たから、この第二の故郷へ自然に定着しただけだよ。それにね、父のお父様という人はね、中立平和のこのスイスにすごく憧れていて。何が何でも息子をこっちの医学部を出させたい！、と熱心に父に勧めたそうだよ…。その頃の父は、まだスイスへの思いは本当はなかった様だったけど、亡くなられたおじい様の強い説得で決意したそうだよ。

それはそうと、お母様、いついらっしゃれるの？楽しみだなぁ。竹雄君も連れてきてくれるって本当かい？日本で会った時はまだ赤ちゃんだったからね。それより、僕達夫婦にお預けしますって、この間の電話でお母様がおっしゃっていたけれど、突然で。どんな意味なのか。恐らく夏休み中、僕らの家で預かって下さいって事だと思うけど。ともかく竹雄君がどんなに大きくなったのか。赤ん坊の時しか知らないが、目のクリッとした、可愛い子だったね。」

静子は、母の決意を夫にはまだ伏せていた。

静子「そう。私も本当に楽しみだわ。電話では母にはは最近のお写真を下さいと何回も言ったんですけど、母は手紙を書くことが嫌いな人でしょう、太一や竹雄の写真は全然送ってこないの。太一の津軽三味線の様子だとか、竹雄がどんなに大きくなったのか、それが楽しみ。」

邦夫「かえって赤ちゃんから一遍に子供の竹雄君を見るのは実に楽しいし、愉快だ！僕はその日は丁度会社の会議で、お母様のお迎えが出来ないのが残念だよ。ママも用事がある様だし…。静子も留守役の様だし。」

静子「大丈夫よ！母はあれで私よりむしろ英語が上手で、亡くなったお父さんといつも旅行していたから。全然問題ないわ。ほうぼうの外国旅行で慣れているの。」

邦夫「折角いらっしゃるのに、申し訳ないよ。きちんと地図は書いて送ったけれど、悪いなぁ。」

静子「ありがとう。でも母は外国旅行は本当に慣れていて平気な人よ！」

夫はジャケットを着ながら、

邦夫「そう。僕はこれから日本のお客さんと商談があるから、夜は食事をして帰るよ！」

静子「あら、ご夕食？」

邦夫「そうだよ。折角、はるばる来たお客さんだから、レマン湖畔の良さを見せてあげたいと思って、レストランをセッティングしてあるんだ。」

静子「まぁ、いいわね。」

邦夫「よくもないけど、商談だから。仕方が無いんだ。」

静子「あなた。ジャケットでいいんですか？」

邦夫「ああ、いいんだ。お互い気心の知れたお客さんなんだ。」

静子「夜のお帰りはお車、お気をつけて下さいね。」

邦夫「酒は呑まないし、ビールもノン・アルコールにしたから、大丈夫だ。ハハハ……」

静子　「本当にお気をつけて行って下さいね。」

邦夫　「それじゃあ行ってくる。できるだけ早く帰ってくるよ。静子！くれぐれも気をつけるんだぞ！」

静子はうなづいて邦夫を送り出してしばらく佇んでいたが、全面に開けた縁側へ寄ってカーテンを両手で開けはなし、ガラスの扉を開け、アルプスの山脈とレマン湖を見ながら大声で叫ぶ。

静子　「お母さーん。竹雄くーん！」

なぜか哀愁に聞こえてくる。

暗転

② 鈴木家の場

【日曜日の当日】

ゆき江は朝から忙しそうに、二階から降りてきたかと思うとまた何かを持って二階へ行く。

折角、持って上がったと思った花瓶を、また下へ持って帰る。

幸子も静子も総動員で、手作りの料理やお菓子を作っては、二階へ運んでいる。

幸子「ゆき江ちゃん！ゆき江ちゃん！」

二階からゆき江に呼びかける

ゆき江　「はーい！なあに、おば様？」

二階へ大きな声で答える。

幸子　「なあに？じゃないでしょう。あなた、まだパジャマじゃないの。早くお洋服にお着替えなさい！皆さんがもういらっしゃるわよ！」

ゆき江　「はーい。」

静子が二階から下りてくる。

ゆき江　「お姉様ありがとう！お兄様と、私の大好きなブラウスをいただいたり、今日もお手伝いまでして頂いて、お姉さまはお具合が悪いのに本当にありがとう。」

静子　「いえ、いいえ。そんな事ありませんわ、ゆき江さん、おめでとう！今夜はご家族でも御祝いしますわよ。」

ゆき江　「うれしいわ！私って本当に幸せだと思うの。仲良しな友達もいっぱいいて。温かい家族に包まれて。東京のうちからはプレゼントと祝電を頂いたの！そしてもうじき東京のおば様と竹雄君が来るんでしょ。私、竹雄君とお会いするのは初めてよ。うれしいわ！」
静子「そうね。ゆき江さん、竹雄とは初めてね。愉快な子！。私もスイスに来て二年ぶりなの。どんな子になったか、私も楽しみなのよ。」
幸子「ゆき江ちゃん！何してるの！早くお二階で着替えて！」
ゆき江「はーい。」
忘れたサイドテーブルの人形を持って上がって行く。
父、雄一は一階リビングのゆったりした椅子で新聞を広げ、見ている。

雄一　「静子、お前具合が悪いのに無理することないぞ！」

静子　「すみません、お父様。ありがとうございます。でもそんなに悪くありませんから、どうぞご心配なさらないで。」

雄一　「まあ少し座りなさい。」

静子　「ありがとうございます。お父様、熱いほうじ茶でもお持ちしますか？」

雄一「まあいいから、お座りなさい。……あなたは邦夫の希望で言うがままにスイスのこのレマン湖に来て、早いものだ、もうあれから二年になるねー。突然だったからね。きっと君もお母様も、そうして、またその上お父様が亡くなられたすぐ後でもあったしね、さぞお母様は寂しいことだったたと思うよ。どんなにか可愛がっていた静子さんを、邦夫の奴が無理やりに引っ張って、遠いスイスまで来たんだからね。」

静子「いえ、無理やりだなんて、そんな。お父様。」

雄一「いいや。僕はあなたが、急にお父様が亡くなり、そしてお母様からも離されて、さぞ寂しいだろうということ位は分かってる…。だけど、この地に来てもらったのは実はね、息子の邦夫じゃないんだ。私なんだよ。

私が無理やりに邦夫に頼んで、ここへ来てもらったんだ。この発端はね、君も聞かされたと思うが、邦夫が勤めている商社の方で、丁度、現地のジュネーブに新設する部のため適任者が欲しい事を邦夫からの電話の時にふと聞いたんだ。私達としては、知っての通り君達の来る前に、良江がドイツ人と結婚して家から離れて寂しかったところだった。丁度幸い、君達と家族が一緒に住めるなんて、こんな好都合な事はないと思ったから、何が何でもこの機会を逃してはと…。

…私は心から君に謝らなければいけないし、感謝もしているんだ。急に手放したお母様にも本当に申し訳なく思っている…。

ことに君のお母様は、あんなに元気だったお父様が突然亡くなられた悲しみの直後だっただけに、どんなにか君を手放したくは無かったと思うよ。

君だって同じだ。悲しんでいる母を置いて、邦夫の言う通りに従った…。

女の立場というのはねー、どんなに時代が進んでも男と違って、何かに従って行かなければならない。

特に日本の女性が抱えている運命というか。私も君が可哀相な気がする…。」

そこへ花道を女学生達がガヤガヤ話しながら、ドヤドヤと一緒に入ってくる。玄関のベルが鳴る。

ドイツ語、フランス語、イタリア語そして片言の日本語で、ニコニコ笑いながら椅子に座っている雄一に挨拶する。

急いで娘のゆき江が二階から下りて来る。

続いて母の幸子もそれぞれ流暢な言葉で会話する。

そして椅子から立ち上がって父・雄一は、静子を紹介する。

日本語のできる学生が「オトウサン、コンバンワ。ヨクキマシタ」

雄一「『今晩は』じゃないでしょう。まだ『今日は』だろう。『よく来ました』も何かおかしいよ。」

一同、一斉に笑う。

それぞれ握手し、慣れない手つきで靴を脱ぎ、下駄箱に入れ、キャッキャ言いながら二階へ上がっていく。

静子もそれぞれに挨拶をする。

雄一　「お前、なかなか挨拶が上手になったね。」

静子　「だって簡単なご挨拶くらい、できますわ。」

雄一　「邦夫は今日は？」

静子　「ゴルフに誘われて朝早くでかけましたの。」

二階から時々ドッと若い笑い声がする。

雄一　「静子さん、もう二階の方はお母さんもいるし、
かえって若者同士を勝手にしてあげた方が何の気兼ねも

無くて楽しいと思うよ。そうだ、良い機会だから、君に一度話したかった事があるんだ。」

雄一がゆったりと椅子に座る。

雄一「聞いてくれないか。貴女《あなた》もそこに腰掛けて下さい。

僕はねー。(しばらく間を置いて) こうしてこの地に移住しようと思ったのは、多分、私の父の影響が大きかったと思うんだ。

私の父はねぇ、それこそ徴兵検査もそこそこに、第二次大戦が始まって、ちょうど日本は大東亜共栄圏を声高に唱えていた頃だそうだ。大陸の戦争に出征したんだよ。ろくな訓練もされずに戦地へ出され、父は歩兵としてその部隊に配属されて中国に上陸したんだそうだよ。

部隊はやみ雲に大陸の奥地へ、奥地へと前進した様だった。

そして次第に補給路も絶たれ、食べ物も無い状態が続いたから、行進中も蛙や蛇も生きているものは何でも食べたそうだ。

たまたまある民家からは徴発といって無理やり食糧を奪い取った事もあった様だし、また、敵は民家を利用して、突然、銃撃を加えたり、密かに井戸に毒を入れられ、それを知らずに飲んだ日本兵が何人か苦しんで病死したり、何しろ戦争というのはね自分が生きるためには敵を殺さなければならないし、敵も同じだ。敵は土地勘もあるし、夜の奇襲作戦には何回も遭遇したそうだ。

日頃、親しくしていた戦友が目の前で死んで行くのは、若かった父はどんなにか無念であったり、恐ろしかったと思う……。

父はその度に心に深い傷跡を残したに違いないんだ。そんな事は恐らく、帰還してからも他人には絶対に話したくはなかったんだと思うよ…。

私が父からその時の話を聞いたのは丁度、そう何十年か経った八月十五日の終戦記念の日だった。靖国神社へは、いつも父は亡き戦友を思ってだろう、一人で欠かさずお参りへ行っていた。

その帰りだったと思う。私は久しぶりに父に電話で呼ばれて、行きつけの飲み屋の小料理屋へ誘われた。

はじめは世間話だったと思うが、次第に酒が入るにつれて、父は初めてこらえ切れない様に泣き出したんだ。

恐らく堪え切れなくて泣いたと思う。

私は父の泣く姿を今まで一度も見たことがなかったが、その時はじめて戦争の無残な話をしてくれた…。

それは息子の私だからこそ話をしてくれたんだと思うと、僕は胸が一杯になって、一緒に泣いたことを今でも覚えている。そして死んでいった戦友達、殺した人達が自分の脳裏から消える事は一生無かった様だよ。

そして終戦とともに全員、武装解除され、金品は没収され、栄養失調になりながらかろうじて日本の舞鶴にやっと着いたのは、終戦の一年後だったそうだ。

父が帰国した時は、家族は両親と一緒に静岡の親戚を頼って疎開していたんだね。

そこは豊かな海に面した農魚村地帯ではありながら、お金で買えるものは一つもなくて、祖母はその日、その日の家族の食料を確保するため、大切にしまっておいた嫁入り道具から全てのものを米や魚や野菜に替えて、懸命に生活を立てていた様だった。

そして祖父は農協へ勤め、子供達を一生懸命育ててくれていたんだ。

父がようやくたどり着いた東京は、一面の焼け野原で、それこそ何の食べ物も、勿論お金も無かったそうだ。

一心に帰ってきた自分の家も、どこもかしこも跡形もなく焼けて、焼け跡で焼けた赤茶けたトタン屋根でなんとか生活している元の近所の人達に温かく助けられて、その時はじめて鈴木さんの家族は全員無事に静岡へ疎開している事を教えられ、その上貧しい中から旅費とカンパンとコッペパンを頂いて、嬉しくて涙が止まらなかったそうだ。

東京は何回かくり返された空襲で死傷者も餓死者も多く出たらしい。親を失った戦争孤児達がアメリカ兵を見つけると、争って靴磨きをしていたそうだ。

そしてその頃は街にパンパンといったコールガールがいて、アメリカ兵のジープに乗ってキャッキャと騒ぐケバケバした女達が沢山いたそうだ。

ガムやチョコレートを、手を出してねだるすすけた子供達。新橋には闇市があって、恐らく飛行場から盗んだ飛行機用のアルミ板を溶かして作った鍋だとか釜があったり、当時、幸いにも豊作だったミカンや秋刀魚が沢山、それも闇市だけで売られていたそうだ。

ふかし芋もおいしそうだったが、疎開先への旅費のための貴重なお金だから見るだけで我慢したそうだよ。

また、バクダンと言って工業用のアルコールを飲ませる悪質な屋台があって、酒の好きな人達は工業用のメチルアルコールとは知らずに飲んで、随分、失明者が出た様だった。

その闇屋の人達も、パンパンも、孤児達も、結局はみんな戦争の犠牲者なんだ……。

いつしかそれも時代とともに黙って世の中から消え去られていった様だ。

焼け野原の東京、これが死に物狂いで帰ってきた日本の、夢にまで見た東京か、故郷か…、と思ったそうだ。

敗戦で日本中がひっくり返ってしまった。

今まで父達が、いや日本国民が『正義の戦い』、『鬼畜米英！』、『挙国一致』と叫び続けた、そして多くの若者達が死んでいった戦争が、丁度手のひらを返すように一瞬にして変わった。

『今こそが自由で正しい民主主義だ！』と。この急変に父は唖然としたし、無性な悔しさと虚しさで心が一変した様だった。

父は単身、疎開先から東京へ戻って、それからは闇屋になって随分危ない橋を渡ったらしいが、やがて家族全員が東京で一軒のバラック建ての家に住み、苦しい時代を越えて父は家電製品時代の波に乗って一店舗から多店舗化に成功した。

それからやっと、母と見合い結婚で結ばれた様だ。

家電事業では数百人程の従業員を抱えるまでに成功し

た。

そうして昭和二十八年に入った。その二月だそうだ。初めてテレビ局ＮＨＫが開局され、次々に民放が開局した様だ。

更にしばらくするとね、テレビは全盛期を迎え、どの局もスポンサーサービス合戦で、海外旅行が一つの目玉だったようだ。

父はヨーロッパ旅行二十日間の旅に招待されて、その時初めてスイスに三日間滞在したんだそうだ。

父は必ず行く国々の国情を調べ、メモしていった様だった。スイスはご存知の様に、現在、人口が八百万人足らずの小さい国で、国土は日本の九州より少し大きい位じゃないかな。

言葉は今日の彼女達のように、ドイツ語、フランス語たまにイタリア語も話す、いわゆる多民族の混成の国家なんだよ。

そして今からおよそ二百年前に欧州列強が集まったウィーンの会議で、永世中立が承認されたんだそうだ。

その後あの第一次大戦も、第二次世界大戦でも、どの国からも攻められず、戦争にも加わらず、見事、今日も独立を守り続けた立派な国なんだ。過去何回かの国民投票で否決され最近ようやく国連には加盟したんだ、たしか百十九番目だと記憶している。

しかし永世中立の国であっても国民は皆兵の徴兵制度

を採用しているんだ。

今でも二十歳から三十歳の男子には兵役の義務があるんだ。

家庭にはいつでも戦争に参加できるように自動小銃が貸与されて、いざという国家の危機に備えているんだよ。

僕自身も遊覧のバス旅行中、ガイドさんから『このアウトバーンも、もし空襲となった時は、すぐに一般自動車を通行止めにして軍用機の滑走路に転用します』と聞いて、驚いたことがあるよ。

そしてスイスはEUには未だに加盟していないんだ。経済面だって貿易収支は黒字だし、今、ギリシャやイタリア、スペインとEU問題での波紋も多少はあるけど、まだ確かこの国の失業率は三パーセント台だったと聞いているし、先日の国際ニュースで、スイスは国際競争力が世界一位だと聞いて、改めてこの国の素晴しさを痛感したんだ。」

二階のゆき江達が合唱するエーデルワイスの声が流れ聞こえる。

雄一は話を続ける。

雄一「そして僕は父が敬愛するスイスに父から強く進められて留学して、身をもって感じる様になった。かつて日本が色々な国と条約を結んだ過去の歴史を見て、所詮、父は日本の国を本当に守り通すのは日本人の力だけだと痛感した様だった…。

今の日本の現状ではそれも不可能だということも深く感じた時、父は長い闘病生活を送る或る日、僕を呼んで、『お前は折角、医学の道を歩いてきたのだから、俺の遺言として家電事業を継いで行く子供達も無いのであれば、全株を売却して、妹弟達にも遺産を分け、お前も恩のある好きなスイスで、スイスの子供達のために小さな病院を建てて、お前の学んだ医学をこの国のために是非役立って欲しい。』と言われた。

僕は驚き、悩みながらも父が尊敬し、早くに亡くなった母も愛していたスイスの地で、そして最も美しい『レマン湖のほとり』を僕の第二の故郷として、父母の志と共に永住することを決意したんだよ！（しばし涙ぐむ）こんな堅苦しい話をするつもりは無かったんだが、君にも僕の心情を是非解ってもらいたいと思って…。」

そこへ邦夫がゴルフバッグを担いで帰ってくる。

邦夫「ただいま！」

静子「あら！お帰りなさい！ご苦労さま！お早いお帰りでしたわね！」

邦夫「ああ。今日は、隣のフランスから帰ってきた友達から、もうハーフやろうって誘われたんだが、今日はゆき江の誕生会で友達が来るって言うし、それにお前が気になってさ。恐らくまた気を使ってるに違いないと思うから。」

静子「そんな事ありませんわ。元気よ！今、お父様からスイスへ来た時の、ご立派な素晴しいお話をお伺いしているところなの。」

雄一「お帰り。静子さんに今ねー、私達夫婦がスイスのレマン湖畔に辿り着いた道筋を、長いこと話していたんだよ。」

静子「お父様、日本人の患者さんから頂いたお饅頭がありますわよ。お茶をお入れしますから。」

雄一「ああ、いいね！」

静子「ほうじ茶でよろしいですわね？」

雄一「うん。ほうじ茶の熱いのでお饅頭か。小さいのか、大きいのかな？小さいのなら二つ下さい。」

静子「はい！」

邦夫「僕はね、コーヒーを入れてくれないか？饅頭はいらないよ。何かケーキがあったら欲しいね。」

静子「あなたのお好きなショートケーキ、買ってありますわよ。」

雄一「静子さんはいつもよく気がつくね。だけど余り気が付き過ぎるんだよ。」

静子「とんでもございません。私、お母様をもっともっと見習わなければ、と思って居りますわ。今、持ってまいります。」

静子はキッチンへ入って行く。

邦夫「お父さん。静子、どう？変わった様子無かった？」

雄一「いや、別に。だけどこっちに来てもう二年になるだろう。あの子はともかく気を遣い過ぎるんだよ。」

邦夫「僕もできるだけ気を遣わせないようにしてはいるんだが、あれは彼女の持って生まれた性格だから仕方が無いよ。ハハハ…。」

雄一「でも今日はみんな二階へ行ってしまって、丁度いい機会だから僕等の事を話していたんだよ。」

邦夫「それは良かった。お父さんからお話をお聞きする良い機会でしたね。そう！それじゃ僕も良い折角の機会だから、お父さんに前から話したいと思っていた事があるんですよ。」

雄一「ほうー。何だよー。改まって。」

邦夫「僕はね、実はお父さんとお母さんに、いずれは、いずれはの話ですよ、東京で一緒に住んでもらいたいと思っているんですよ。

僕達のジュネーブの転勤も、本当の話、お父さん、お母さんと一緒に日本で住んで欲しいと思っての事なんで、何かの機会を見て話すつもりだったんですよ。だから僕の東京のマンションも一時、他人に貸して、いずれお父さん、お母さんと一緒に住めるように設計されてあるんですよ。お父さんには随分、多額な援助をしていただいたけれど、お父さんは快く僕等のために出してくれた。

恐らく銀行から僕のために多額な借金をしてくれんだと思ってるんだ。心から僕らは感謝していますよ。

そして僕を日本に留学させてくれたのも、お父さん、お母さんのお陰だと僕は学生の時からありがたいと思っていたんだ。

こんなにスイスが好きなお父さんが、僕を何故わざわざ多額の費用を払ってまで日本へ留学させてくれたのか…、はじめはわからなかった、そしてそのことがだんだんわかってきたんだ、それは僕が日本人だから、日本の学校で日本の事を学ばせたかったからだって、僕は次第に分かってきたんだ。

それで初め経済学部だったけど、段々日本をもっと勉強したいと思って、文学部へ編入したんですよ。

そしてお陰で日本の良さ、日本の歴史の深さ、日本人の素晴しさを、冷静に、客観的にも少しは見ることができた積もりですよ。それだからこそ僕はもう一度、日本へ何としてもお父さん、お母さんに一緒に帰って、一緒に住んでいただきたい気持ちで、僕は二年前、正に絶好の機会と思ってスイスへ赴任してきたんですよ。

お父さんやおじいさんの知っている日本は、たかだか六、七十年の歴史の、日本のほんの一駒ですよ。

それも日本がかつて文永の役も、弘安の役も、日清戦争も、日露戦争も、第一次大戦も奇跡的に幸運にも勝ちっぱなしで来て、初めて第二次大戦では無条件降伏の、これまで日本の歴史の中でかつて味わったことのなかった悲惨な、敗戦の時代ですよ。

僕は日本という国は、初めての敗戦による心の後遺症はまだまだ続くと思うけど、世界の戦争の歴史を見ても、大方のどの国だってそれぞれ戦うべき理屈があるから戦うんで、それが正義だと思うから国民は生死をかけるんだと思うんですよ。

僕は、あの時、無条件降伏はしたけれど、いつまでも国民が総懺悔するのはおかしいと思うし、だいいち、六、七十年前の第二次世界大戦の敗戦を全く知らない、なんの罪もない日本の子供達が大人になってですよ、親が残した罪を負いながらやがて結婚し、そしてその夫婦からまた生まれた子供達もまた同罪を負い、更にその子供達がなおその罪の責任を負う。

僕は馬鹿げていると思うんですよ。

政治がだらしなかったことも、日本人がただひたすらアメリカに追いつけ追い越せで物をひたすら追い続けたことも、日本人の戦後の教育をしっかりリードするはずの教育界にも問題があったと思いますよ。

だから日本の政府も国民も、何かいつになっても日陰の子の様な気がするんですよ。

もっと日本人が将来へ前進する前向きな考え方が必要なんで、今の竹島問題、尖閣諸島問題だって私達は日本が正しいと思っても、先方には先方なりの言い分がある。

双方譲らない、場合によっては紛争が戦争へとエスカレートする事だって有り得るんです。しかしこれからの戦争は、シリアの内戦の比ではないと思いますよ。

だからこそ両者は全力で政治家の知恵なり、行動なり、忍耐なり、そして他国も交えた外交努力を続ける必要があると思うんです。もし一旦戦争となれば、それこそ国と国との一発勝負の世界で、勝てば官軍で負ければ賊軍なんですよ。

日本は幸い、第二次世界大戦の手痛い教えがなぜか国民に冷静さを保たせているんだと思う。だからと言って日本は子々孫々まで第二次大戦の罪悪感を背負う必要は、僕は無いと思うんですよ。

ただ平和だけは何としても絶対守って行く、それには堂々と交渉が出来るだけの国力と国民の精神力がなければいけないとつくづく思います。

それより最近国際間でのスポーツで『頑張れニッポン！』、『頑張れなでしこジャパン！』と叫ぶあの若者の力、ロンドンオリンピックでのメダルへの強烈な日本への思いを、どう政治家が明日の日本の発展に結び付けるかだと思っています。

今の若者にはスポーツの世界で『ニッポン』という意識は強くあると思います。

そして僕は東日本大震災にしても必ず賢い日本人は知恵と努力で、立ち直ると信じているんです。

世界が益々グローバルな混沌の中でも、日本独自の文化で培った発想が、やがて新生日本として生まれ変わることを僕は信じているんですよ。

二千年の日本の歴史の実績の重さを、僕はしみじみ感じるんです。

教育の低下だって、政治のねじれだって、低調な経済だって、必ず政府も官僚も財界も労働界もマスコミ界も結局はみんな日本人なんだから知恵と努力を絞るに違いないと信じていますよ。

第一、世界が日本を評価し、信頼するからこそ為替相場だってそうでしょう。

日本人の知恵の結集が、個人金融資産がたしか千五百兆円ほどの残高を保持して、日本の財政赤字を十分保障しているからこそじゃあないですか。あとはそれをどう生かしてゆくかは政治家の知恵次第ですよ。

そして世界のいたるところで民族問題や宗教問題の争いが止まない、テロ活動がしばしば民間の犠牲を生じている。また一党独裁政権下の抑圧された国民……、日本国の日本人には全くそれが無いんです、民族問題も宗教問題もテロ活動も全くない自由な言論のある平和国家なんです。素晴しい国家ですよ。

僕は日本人として生まれた誇りを、国を離れて今、本当に強く感じていますよ。

今度、みんなで日本へ帰ったら、僕は第一にお父さんお母さんそして静子と一緒に新しく日本文化を世界に発信する新歌舞伎座を是非見てみたいし、能も文楽も、茶道も、お花の世界も、お香の世界も、相撲も全部、生活の中に生き続けている日本文化を是非見たい、そしてやがて僕が定年を迎えたら、静子と日本各地に残る神社や仏閣や、多くの郷土の伝統文化を見て歩くことが夢なんです。

僕はこっちへ来てから見向きもしなかった日本の演歌が好きになったたし、落語も鈴本や末広へも行きたくなったたし、日本が新しく世界に発信するアニメ文化も面白いし、ＡＫＢ４８も行って見てみたい。

全国の色々なお祭りも是非見に行きたい。まだまだ無限にある日本の文化の中で、日本人はしっかり生活しているんですよ。外来文化にしても、昔から日本はどんどん受け入れて、やがては日本流に日本人の感性で日本の素晴しい文化へと同化して、また世界へ発信して行く。僕は難しいことは解りませんが、文明とは人の役に立つ物の創造だと思っているんです。

そうして、やがてその文明の機能を失った、大切な一部の建造物は文化遺産へと変容する。文化は、人の心の役に立つ、心への創造だと思っているんです。

それこそが日本人の営々と築いてきた文化だし、日本だけではなく新たな文化の発展を全世界へもっと広げて行くことだと思っているんです。そして僕は人間の一番大切な事って、全ての人が『人への思いやり』を持つことだと思っているんです。以前、阪神大震災の時の復興にも、地元の人達が皆で協力し合って、しかも、各地からのボランティアの若者達が一生懸命、活躍しているし、今度の東日本大震災だって、地元の人達の助け合いだけではない、各地からのボランティアが色々な協力を今でもしているんです。

その人達の中には、阪神大震災の被災時にお世話になった人達とか、それはみんな自発的に全国からの協力があるんですよ。

外国からの援助、殊に同盟国アメリカの手厚い援助も有難いが、日本人には昔から『持ちつ持たれつの精神』、『人を思いやる心』があって、今の学校教育ではおそらく教わってもいない若者が、なぜか汗を流して協力している。何の強制ではなくて、みんな自分自身の判断だし、行動なんだ。」

雄一「うん…、その通りだと思う！私はお前の事をつい子供だ、子供だと。親と言うものはいくつになっても、ハハハ、子供だと思う癖があるんだ。私はお前を日本へ留学させて本当に良かったと思っている。お前の私たちへの親切な話しは有難くじっくり後で考えさせてもらうよ。今日はゆき江ちゃんの誕生日にお前からの良い話を聞かせてもらった…。あ！ありがとう……。そう！そう！静子さん、まだお茶を持ってこないね？二階へ上がった様子も無いし…。」

邦夫「静子！静子！」

邦夫が大声で叫ぶが返事が無い。邦夫は急いでキッチンへ入る。

邦夫「静子！どうした、静子！お父さん、救急車頼みます！」

雄一は急いで電話をドイツ語でかける。二階では賑やかな笑い声が大きく響く。

幕

③山本家（実家）の場

【静子の実家、和風二階建築の山本家】

○幕があがる。

静子の母・洋子は娘に子供のできない事が何とも不憫だった。

先方の主人も家族もまことに優しい人達だが、都会育ちの娘が急に慣れない異国の地に住む環境、そしてあんなにも静子に優しかった父を急に亡くして未だ忘れる事ができないことからホームシックにかかっている便りの様子、何よりも先方のご両親が孫を欲しがっている事が一番の心の痛手で、母として何とか助けてあげたい思いで一杯であった。

洋子は何通かの郵便物の中に娘から来た手紙を見つけ、初めはいそいそと読んでいたが、次第に心が曇る様子であった。

そこへ、ふみ子が五歳の次男・竹雄を連れて夏休みの学校から帰ってくる。

ふみ子　「お母様ただいま！」

竹雄　「おばあちゃん、ただいま！」

洋子　「お帰り。お疲れさま！どお？面白かった？」

竹雄「うん。僕、いっぱい遊んだよ！」

洋子「そう。よかったわねー。」

竹雄「僕、学校でね、算数の時間、先生に誉められちゃった。僕、この間の試験で一番だったよ！」

洋子「本当。何が一番だったんだろうねー。学習塾でもそんな事教えるの？えらいわねー。」

竹雄「今度、先生が英語教えてくれるんだ。」

洋子「へえー！英語もねー。亡くなったおじいちゃんはね、英語がペラペラだったのよ。だからしょっちゅう色々なお国へお仕事に行っていたの。僕もしっかり勉強して、おじいちゃんの様に世界を飛び回らなければね！」

竹雄「うん！」

ふみ子「何かこの子、この頃やたらにオー、イエースとか、ご飯の時、私は納豆が体に良いと思って食べさせようとすると、オー、ノー、ノーって食べないんですよ。おじい様に似て英語に向いている気がしますよ。」

洋子「まだ始めてもいないのに分からないわよ。でもしかすると、おじいちゃんの血を引いているかもね。何となくこの子は英語にも向きそうなタイプだね。何でも好きになるって良い事よ！」

竹雄「うん！僕、頑張るんだ！」

長男・順一が帰ってくる

洋子「お帰りなさい。」

竹雄「パパお帰り！」

順一「ああただいま！」

ふみ子「お帰りなさい。お早かったですね。」

順一「まあ。別に会社にいても大した仕事も無いし…。」

洋子は順一の仕事への思いが、今一つ物足りない事が不満であった。

洋子「あなたね、お仕事と津軽三味線とどっちが大事なの！」

順一　「どっちもさ…。」

洋子　「お父様があれだけ一生懸命、不動産のお仕事をしたからこそ、大きなビルを建ててもらって、私達、何不自由なく今暮らせているのでしょ！」

順一　「分かってるさ。だけど今の不況で中々、入居者が決まらないんだ。ビルが大きいだけに大変なんだ。入居者なら誰でも良いという訳ではないし。」

ふみ子　「私もお母様の言う通りだと思うわ。不況だからこそ一生懸命頑張っていただかないと…」

順一「お前まで今帰って来た亭主にガミガミ言うことはないだろう！」

ふみ子「何もガミガミなんて言ってませんわよ。ただお母様の言う通りだと思って！」

竹雄「パパ、これ僕が学校で描いたんだ。先生、上手だって！」

竹雄、カバンから大事そうに取り出す。

順一「ああ。よかったな！どれ、見せてごらん。うん！なかなか上手く描けてるぞ。色も綺麗だし。そう、絵はなるたけ大胆に、強く！画用紙いっぱい、大きく描くんだぞ！」

竹雄「うん！僕、この間、ママに『ピカソ展』を見にデパートに連れて行ってもらったんだ！」

順一「ピカソ？」

ふみ子「いえ、デパートへ行ったついでにですよ、竹雄に見せておこうと思って。」

順一「お前、ピカソの絵、分かったかい？」

竹雄「全然分からないよ！第一、人がいっぱい入っていてさ、僕、一番前でみたんだけど、何を書いているんだか。人間の顔だとか、動物の顔みたいなのがバラバラに書いてあって面白くなかったけど、あれが一番上手い人の絵なの？」

順一「竹雄はあんな人の真似することないよ。お前はお前の思ったように描くんだよ。」

竹雄「うん！おばあちゃんはどう思う？」

洋子は竹雄の姿をじっと見て、はっと気がつく様子で

洋子「どれどれ、見せて。んー、お上手！竹雄はなかなか絵心もあるじゃない。」

ふみ子「そうですかねー。」遠慮ぽく言う

洋子「竹雄はこれからどんな山を登って行くのか、おばあちゃんは楽しみよ！」

ふみ子「私は、太一のように横道を登ることだけはさせないつもりです。」キッパリ言う。

洋子「横道？あなた、何が横道なの？お父さんは学校こそ出ていなかったけど、自分の好きな不動産の道で世界を飛び回って実地に勉強したのよ。元々、頭の良い人だったし、それは一生懸命働いたの。夜中も仕事をしていたわ！私は体が心配だったけれど、お父さんはこの道が好きだったのよ。不動産学校なんか無くたって成功して今があるんじゃないの。あなたのお父様なんか、あれだけ有名学校をお出になって、大会社で一生懸命働いて、その挙句、不況のせいで人員整理にかかって希望退職になったんじゃないの。真面目に一生懸命やった挙句の人員整理…。私はね、孫にも好きな道を歩かせたいの！太一はパパに似て小さい時から津軽三味線が好きなんだから、その道を一生懸命やらせれば良いいじゃないですか。順一もあの子はとても筋が良いって言ってるじゃないの。」

ふみ子「お母様、お言葉を返す様ですが好きな道って、あの子の道は『道楽の道』ですよ。真面目な仕事の道ではありませんよ。」

洋子「あなた！今、何て言ったの？道楽の道！それじゃ、野球や剣道やピアノだって道楽の道なの？あなたおかしいじゃありません？今の中学だって高校だって、皆それぞれ部活に入って一生懸命やっているじゃありませんか。ただ津軽三味線には部活が無いだけじゃない。それが道楽の道？」

ふみ子「私は太一にとって今、一番大切な時に勉強させたいんですよ！人間をつくる一番大事な年頃だからこそ、私は言うんですよ。」

洋子「あなたは何か私より考え方が古い気がしますね。人間を作るのに勉強だけが唯一の道だと思っているの？

私はそうは思わないわよ。子供の好きな道を自分からとことんやらせてあげる、その中で人は何かを掴む…、それが大切だと思うわ。」

ふみ子「それではお母様に申し上げますが、好きな道だから子供の大事な受験期に、津軽三味線に明け暮れてよろしいんですか？それこそ受験に失敗したら。第一、本人が可哀相だし、私は母親としての責任がありますわ。」

洋子「私はあの子のひたむきな様子を見て、受験本位に振り向ける事は可哀相だと思っているの。」

ふみ子「いいですか、お母様！」

洋子「いいですか！とは私に向かってなんですか！」

ふみ子「ですけれど、野球とかサッカーだとかは上手になれば大学への進学はある程度認めてもらえるんですよ！津軽三味線なんか、そんな道はありませんよ！」

洋子「良いじゃないの。パパが直接指導して、この前の全国大会で入賞しているんじゃない。日本中から猛烈に練習を積み重ねた人達の中で入賞って、大変な事です

よ。太一の素質と努力が実っているんだから、それこそ、
それを伸ばしてあげるのよ！」

そこへ孫・太一が津軽三味線の演奏会を聴いて帰って
くる

太一「ただいま！」

ふみ子「お帰り。あなた進学の方、本当に勉強やって
るの？」

太一「まぁまぁやってるよ。」

太一はそのまま二階へ上がって行く。

ふみ子「まぁまぁじゃないでしょ。学校へ進まなければ、いずれ社会に出て就職しなければダメなのよ。パパみたいに家督で生活できるような安易な考え方で一生を送る人間は、ろくなことになりませんよ！」

ふみ子は二階へ上がって行く太一を、追いかけるように叫ぶ。

洋子「あら、あなた、また変なことを言うわね。パパの仕事がそんなに悪い仕事だと言うの！ロクな男じゃないということ！おじいちゃまが一生懸命、不動産を創り上げて、それを息子が継いで何が悪いの。立派に真面目に継いでいるじゃないですか。女遊び一つするわけじゃ無いし。タバコは吸わないし、お酒だって弱いし。あなた、そんな事を言ったら罰が当たりますよ！第一、私達はおじいちゃまのお陰でこうして楽な暮らしができるのよ。あの頃はどこも建築ブームで日本の景気も良かったし、おじいちゃんはそれに一生懸命乗り遅れまいと…。」

傍らでお茶を飲みながら新聞を読んでいた長男・順一が、

順一　「もうやめなさい！太一には太一の考えがあると思うし、第一、もう子供じゃないんだ。自分の将来くらいはそれぞれ考えているんだから！ただ僕は、あの子には素晴しい、天性の才能があると思っているんだ。」

ふみ子　「あなたは子供の将来を本当に真剣に考えてないの。いい加減で、ずるいと思うわ。」

順一　「ずるい？何がずるいんだ？」

ふみ子　「あなたは太一の将来を考えたことあるの？」

順一「お前はすぐカッとなる性質だから。俺が親として息子の将来を考えないとでも思っているのか！」

その時、電話がなって順一が出る

順一「もしもし。あ、静子。どう、お元気ですか？何か元気の無い声に聞こえるよ。こっちはみんな元気。今年は特別暑い夏だけど、どう、そっちは？そう、結構暑いんだ。風邪が流行っているの？体にはくれぐれも気をつけて下さいね。それじゃ、今、おばあちゃんと変わるよ。皆さんへ宜しくね。頑張るんだよ。おばあちゃん！

スイスの静子。」

洋子、受話器を持って隅の腰掛でひそひそ話す。順一とふみ子はまだ話が続く。

ふみ子「ねえ、あなた。本当にあの子にとって大事な時なのよ！確かにあの子は三味線が上手だと思うし、私も本当は嫌いじゃないけれど、これで生活ができるわけもないですし、私はもっと勉強させてあげたいのよ。津軽三味線をこの際キッパリ辞めて、もっと学習塾へ通わせたいの。この空白時間がもったいないの。貴重なのよ。三味線なんて、大人になって趣味でいくらでもできるわ！」

太一が二階から下りてくる

太一「お父さん、パーっと三十分くらい夏の宿題だけやっつけて、すぐ練習するよ！」

順一は腕時計を見ながら、

順一「よし、一時間を宿題に当てて良いぞ。夕食は三十分で済ませて、その後、十二時までは練習しよう！」

ふみ子　「あなたは私がこれだけ頼んでいるのに、何を考えているの⁉ご自分の趣味を押し付けて！」

順一　「押し付けて？俺が太一に押し付けていると言うのか！太一が好きで教わりたいと言うから教えているだけだ！お前こそあの子に塾、塾と、塾を押し付けているじゃないか！」

一隅で受話器を持つ母。洋子は憂鬱そうだった。みるみる声のトーンが低くなった。

洋子　「あぁ、そう。残念ね。病院の先生は何て言ってらっしゃるの?」

洋子の電話がただ事ではないと感じて、自然、二人は話を打ち切って、そっと母の電話へと吸い寄せられた。

洋子「貴女《あなた》、なぜもっと早く調べなかったの。ご主人もだらしがないと思いますよ。ご両親だって。あちらのお父様は医者じゃありませんか。何をやっているんだろう!私がいればねー。私、これからすぐ行きますからね。竹雄も夏休みだから一緒に連れて行くわよ。あなた、風邪が流行っているそうだけど引かないようにね。本当にね。あんまり長くなっても迷惑だろうから切るわね。お父様、お母様、そしてご主人様、皆さんへくれぐれもよろしくね。あなた、しっかりと頑張って下さいね。」

洋子は愕然として椅子から下り、座ってしまった。皆、洋子へ何も言う術も無かった。

洋子「私、これから竹雄を連れて娘のところへ行ってきます！」

ふみ子「竹雄を連れてですか？」

皆、無言の内に暗転　幕下がる

④鈴木家の場

○幕が上がる。
静子の母、洋子は竹雄を連れてタクシーから降り、レマン湖のほとりに小児科医を営む鈴木家を訪ねる。洋子が玄関のボタンを押す。

洋子　「ごめん下さい。」

静子の姑、幸子が

幸子　「はあーい、今、只今！まぁ、いらっしゃいませ！しばらくでございました。お出迎えもしませんで。あいにく主人も診察で、息子も会社の仕事で申し訳ございませんでした。大変お久しぶりでございます。お元気そうで何よりでございますわ。さあ、さあ、どうぞ、どうぞ。お上がり下さい。さぞお疲れになられたでしょう。」

幸子が洋子達を応接間兼、居間へ通す。

洋子「あなた様こそ、少しもお変わりなくて。この度は皆様に娘が大変ご心配をおかけして、申し訳ございませんでした。」

幸子「とんでもございません。私こそ、もっと早く気がつけばよろしかったんですのに。申し訳なく思っておりますの…。さあ、どうぞお母様。おくつろぎ下さいませ。本当に長時間でお疲れだったでしょう。飛行機は混んでおりましたか？」

洋子「まあまあでございました。こちらへ参りますと車からの眺めが素晴しいし、第一、空気がまた格別においしいですわ。本当に絵葉書の様に素晴しい所でございますわね！」

幸子「まあ、慣れてしまいましたので分かりませんが、湖は毎日、毎日の色が何か変わって本当に綺麗だと思いますのよ。お坊ちゃま！ごきげんよう。よくいらっしゃいましたわね。」

竹雄「こんにちは！」

幸子「遠かったでしょう。お疲れでしょう！お母様、可愛いお坊ちゃまですね。」

洋子「なんですか。わんぱく小僧ですが、宜しくお願い致します。」

幸子「とんでもございませんよ。よくいらして頂いて、静子さんも今か、今かと待っていますわよ。うちの主人に診察室へベルで連絡しましたら、急いで帰ってくると言っていましたわ。息子も早番にするんだと言って、竹雄ちゃんと会うのを楽しみにしていたんですわよ。」

洋子「ありがとうございます。お前、もう一度ちゃんとご挨拶は。」

竹雄が大きな声で

竹雄「こんにちは！」

幸子「竹雄ちゃん、こんにちは。よくいらっしゃいました。疲れましたでしょう。コーヒーが良いかしら。お紅茶？それともコーラ？」

竹雄「熱いほうじ茶。」

洋子はとまどった

幸子「はははは、あなたほうじ茶がお好き？うちの主人も熱いほうじ茶なのよ。竹雄ちゃんときっと気が合うわね。よかった！早速、入れてくるわ。私、竹雄ちゃんにカステラを買っておいたの。いかが？お好き？」

竹雄「オー・イエス！大好き！」

幸子「あぁ、良かった。今、持ってくるわね。靴下も脱いで、足を投げ出して、自由にしてね。お母様もどうぞ、くつろいで下さい。今、入れて参りますわね！」

洋子「どうぞお構いなさらないで下さい。ところでいかがですか、娘の方は？」

幸子は一瞬、顔を曇らせたが、そのままキッチンへ入ってお茶とコーヒーやカステラを持って、明るく幸子「竹雄ちゃん、お待ちどう様。ほうじ茶ちょっと熱いかもよ。気をつけてね。カステラは特別大きく切ったのよ。」

竹雄「ありがとう！サンキュー！」

幸子「まあ、先生は大したことはないと言っておりまして、明日の朝ハッキリ解るそうですが、ご心配は無いと思いますよ。明日、早速お見舞いに行って下さいませ。病院はジュネーヴの州立病院で、良い病院ですから。ママは、じゃなかった、静子おば様はね竹雄ちゃんがおばあ様と一緒に来て下さって、さぞお喜びだと思いますわよ！お母様、ご心配ございませんから今日はゆっくりしていただいて、明日、息子と一緒にお見舞いに行かれたら良いと思いますわよ。」

父・雄一、白衣姿で帰ってくる。

雄一「ただいま！やあやあ、お久しぶりです。」

洋子「いつぞや主人の時は、わざわざお見舞いを頂きありがとうございました。貴方様にはお元気なご様子で、結構でございます。この度はまた静子が大変ご心配をおかけしまして、まことに申し訳ございませんでした。」

雄一「いやいや、大変遠くからでお疲れだったでしょう。おっ？この子が竹雄ちゃんですか。あぁいい子だねー。」

雄一「どれどれ、どんなに重いかな！」

竹雄を高く上げて抱っこする。竹雄は雄一の首に両手を巻きつけ、両足で雄一をはさむ。

雄一「いやー、重い、重い。竹雄君は何キロあるのかなー？」

すぐに竹雄を降ろす。

竹雄　「この間、学校で計ったら、二〇・三キロって言ってたよ。」

雄一　「偉いなー。竹雄君は素晴しいぞ！」

洋子　「おじちゃまですよ！ちゃんとご挨拶は？」

竹雄　「おじちゃん、こんにちは。」

雄一「竹雄君、こんにちは。遠い所、よく来てくれたね。いや、重い、重い。いいお子さんだ。竹雄ちゃんや、疲れたろう。」

竹雄「うーん。大したことないよ。」

雄一「偉いね！おじちゃんなんか、国内線の乗り降りですら、すぐ疲れちゃうよ。偉いなぁ。飛行機の機内食どうだった？」

竹雄「うん、美味しかった。おまけもくれたよ！」

雄一「本当。よかったね。飛行機の中でさぞ疲れただろー」

竹雄「ぐっすりだよ。」

雄一「へぇ。偉いね、竹雄君は！おじちゃんは竹雄君と言ったり、竹雄ちゃんと言ったりだけど、本当はどっちがいいかい？」

竹雄「僕は君でもちゃんでも、どちだって良いけど。誉められる時は『君』かな。おやつをもらう時は『ちゃん』かな…。でも、どっちでも良いよ。」

雄一「よし、分かった！おじちゃんもどっちでも良いことにしよう！ハハハ…。」

洋子「この度は娘が本当に大変ご心配をおかけして、申し訳ございませんでした。」

雄一「なになに、重ねて言う程大した事は無い様ですよ。私こそ静子さんには息子のために遠い所で生活をさせてしまってすまなかったなーと思って居りますよ。恐らく急に環境が変わったこともあると思いますよ。」

長男の邦夫は車で帰ってくる。

邦夫「ただいま！お母さん、いらっしゃい！遅くなりました。なかなか仕事の手が抜けなくて。お迎えもできませんで、失礼しました。」

洋子「邦夫さん！お久しぶりでございます。お仕事の中、わざわざお帰りいただいて申し訳ございません。日頃は大変ご無沙汰ばかり致しまして。私が至って筆無精なもので、何もお便りも致しませんで…。この度は静子のことでご心配をおかけして、またいつぞやは主人のことでもお忙しい中ご弔問いただきまして、重ね重ね本当に申し訳ございませんでした。」

邦夫「いやー、こちらこそ。静子さんのことでは大変ご心配をおかけして、むしろお母さんにはご遠方のところ本当に申し訳なく思っておりますが、医者の話ではお陰様で大した事は無いと思うが、念のため調べてみましょうという事で。お母さんには大変ご心配やらお気遣いをおかけして、申し訳なく思っております。」

竹雄「こんにちは！」

邦夫「おー竹雄君いらっしゃい、よく来てくれたね‼

大変だったね。大きくなった。いやぁ、しっかりしたね。日本で会ってからそう、二年だよ。こんなに成長するのかね。竹雄君、僕を覚えているだろう?」

邦夫が竹雄を抱き上げる。

竹雄「おじさん!僕、よく覚えてるよ。静子おばさんの旦那さんだろ!おばあちゃんが言ってたよ!」

邦夫「そうだ、そうだ。静子おばさんの旦那さんだよ。すごい。いやー、重いや!大きくなった!今夜はお母さん、竹雄君のいいもの作ってね!」

幸子「今夜はね、竹雄ちゃんが好きだって聞いたオムライスと、スパゲッティーと、大人は折角スイスへいらして頂いたのでお暑いさ中ですけどチーズフォンデュと、ステーキに、コーンポタージュにしたの。どう？」

邦夫「竹雄君。どうだい？オムライスが好きだって静子おばちゃんが言っていたからね？それにプラス、スパゲッティーだって！」

竹雄「僕、大々、大好き！今日のメニューはメチャ好きだ！」

幸子「おばさんのオムライス、竹雄ちゃん気に入るかしら?さあ、皆さん揃ったし、早速お支度にかかりますかね。」

洋子「何か弱虫な娘のご心配までおかけして、色々お忙しい中、本当にお手数をおかけ致してすみませんでした。大変お粗末なものですが。何せ急いで来たもので、お土産らしいものも無くて、お父様にはお見立てが分かりませんがマフラーと、お父様がお好きだと聞いておりましたので、永谷園のお茶づけ海苔とお味噌汁セット。それに松崎のお煎餅もお好きと聞きましたので。お母様には、まだお早いと思いましたが、冬のカーディガン。お気に召しますかどうか。邦夫さんには冬のセーターですが、これもお好みに合いますか。」

幸子「そんなご心配はしないで下さい。ご丁寧にありがとうございます。折角ですから遠慮なく頂戴致します。ありがとうございます。」

雄一「私にまでお母様、すみませんねー。私の好物のお茶づけ海苔と、おみそ汁と、お煎餅か。久しぶりだな！どうもありがとう！」

邦夫「お母様、そんなにお気を使わなくてよろしいのに。すみません！」
幸子「さあ。それでは、竹雄ちゃん。一緒に手伝ってね。」
竹雄「うん。おばちゃまのオムライスの腕前はどうかな。難しいよ！」
　幸子、竹雄を連れてキッチン奥へ入って行く。一同、大笑いで幕。

⑤病室の場

○幕が上がる

邦夫は会社を休む事もできたが、かえって母娘だけの面会の方が気が楽だろうと思って、運転手には場所を教え、病室号数を教え、一緒に行くのをあえて遠慮した。

花道から洋子は竹雄を連れて病室の号数を調べながら出て来る。

明るい一階の個室の病室。静子の母・洋子が竹雄を連れ、ドアを開けて中へ入る。

看護婦が体温を測って丁度終わったところである。

洋子「静子、しばらく!」

静子「ああ（涙ぐむ）、お母さん！ありがとう。遠い所、すみません。竹雄ちゃんも来てくれたのね。ありがとう。」

静子は涙を拭きながら竹雄に握手をする

竹雄「おばちゃん、どうだい？」

静子「うん。大丈夫よ。竹雄ちゃん、よく来てくれたわね。本当にしっかりして、大きくなったわ。」

竹雄「それは子供だから成長するよ。」

静子　「そうね！子供だから成長するのね。おばちゃんは大人だからストップよ。よく遠くから来てくれたわね。」（また涙ぐむ）

竹雄　「そんなにみんなが言う程、遠くなかったよ。僕は家だと勉強、勉強だろう…、飛行機は良いよ。勉強も無いしさ、楽ちんだし、よく寝ちゃったんだもん。」

竹雄、窓際へ行く。

竹雄　「きれいな海だなぁ。」大声で叫ぶ。

静子「海じゃないのよ。湖よ。綺麗でしょう。」

竹雄は窓から景色を見ている。

竹雄「僕、下のブランコで遊んでくるよ！」

洋子「ダメダメ。少しおとなしくしていて下さい！」

静子「お母さん、下は絶対安全な遊園地だから心配しないで。私はこの窓から竹雄君が遊んでいる姿が見たいの。竹雄君、少し遊んだら私がお呼びしますから、すぐ帰って来るのよ。そこのドアを開けたらすぐ隣が出入口よ！出口の階段に気をつけてね！」
竹雄「はあーい。行ってきまーす。」
　竹雄がドアを開け、隣の出入り口から出て行く。
静子「いってらっしゃい。気をつけてね。」
洋子「どうなの？」
静子「ご心配をおかけばかりして、すみません。大分前から咳が出てはいたんですけど、軽い風邪ぐらいと思っていたんです。でもあの日はキッチンへ入って、お父様と主人のお茶の仕度をしている間に、何か目の前が急に暗くなって、そのまま分からなくなって…。気がついた時にはこのベッドに寝かされていたの…。」

洋子「皆様、随分ご心配なさったでしょう!」

静子「目が覚めた時は主人が居てくれて、『よかったよ!心配ないからね』…と言ってはくれたんですけど、お医者様の診断で今朝、肺ガンだと言われたの…。でも多分、初期だから心配しないでね…。それよりお母さんにご心配ばかりかけて、すみません。本当にありがとう。

でもそれよりふみ子お姉様に竹雄君のこと何と言って良いか（すすり泣く）。お母さん、ふみ子お姉様、本当にそうおっしゃってくれたの？」

洋子「心配しないで。だからそう言ってふみ子さんも納得しているんだから。」

静子「私は、とてもふみ子お姉様に申し訳ない事をしていると思うの。ふみ子お姉さま本当にお気の毒だと思うの。可愛い、大切なお子様ですもの。本当にお姉さまはご承知下さったの…。」

洋子「ですから十分、ふみ子さんにお話して了解しているし。順一もお母さんの言うことをよく理解してくれて。心配は無いですよ！それよりお前が早く元気になって、あの子の母親として面倒を見てくれなければね。それがふみ子さんのためにもなるのよ。そしてお前の励みにもなるし、それにお前がこの家の大切な後継ぎを育てる責任でもありますよ！」

静子「ありがとう。お母さん。私はお陰であの子を一生懸命育てる責任と、勇気が湧いてきた感じよ！家族も皆さん大喜びで、何か夢のよう！この国ではね、子供を養子として育てる事に何のこだわりも無いの。私、どうしても元気になりたい！嬉しくて！お母さん、本当にありがとう（またすすり泣く）。私はお兄様へお電話をすることはとても出来ませんけど、お兄様とお姉様へお礼のお手紙をお書きしますわ。」

静子の母は驚いて

洋子「それは止めて！しばらく二人をそっとしておきたいの。」

静子「だってお兄様ご夫婦から大切なお子様を頂いて、黙っているなんてそんな事。私、とてもできないわ。本当にお兄様ご夫妻はご了解なさったの？」

洋子「それはそうなんだけれど、いざお前からハッキリと手紙を貰うと、かえって蒸し返して可哀相だから。しばらく時が経ってからの方が、丸く自然に収まる気がするのよ。」

静子「本当にそうかしら？何かお気の毒な気がして（またすすり泣く）。」

洋子「まあまま、お母さんの言う通りにして一生懸命あの子のためにも元気になって。楽しい家庭をつくらなければ、竹雄のお兄ちゃんの太一もね、めきめき津軽三味線が上手になってさ。あなたに電話したときに話した様に、今年の全国大会で入賞したのよ。あの子はまだまだ上を目指して、将来、世界に津軽三味線をどんどん聞かせに行くのが夢なんだって。順一も一生懸命に教えてるわよ。」

静子「お姉様は？」

洋子「ふみ子さん？あの人は元々、あんまり津軽三味線が好きじゃないんですよ。あの人はインテリの家で育ったから、学校が第一で、太一にもやたらに学校、学校と言って。」

静子「だって太一君もお姉様がお産みになった大切なお子様ですもの、当然お姉様は母親として、お子様へのお考えがおありでしょう。」

洋子「それは産んだには違いないけれど、私はこれからの時代は学校だけの時代じゃないと思っているの。才能の時代だと思うの。その子の持っている才能を伸ばしてやらなきゃー。何の芸事だって子供の時が一番大事なのよ。順一もそんな考えの様よ。どの道、順一の不動産業を継がせなければならないでしょ。私はふみ子さんの学校、学校の考え方には賛成できないのよ。」

静子「だって、お姉様にはお姉様のお考えがあるんでしょう。あちらのお父様はご優秀でしたから。」

洋子「ともかく、あんまり色々な事を考えないで。自分の体を治すことが一番でしょ！」

洋子が窓を開けて

洋子「竹雄ちゃん！もうそろそろ帰ってくるのよ！」

竹雄が下から叫ぶ

竹雄「はーい、おばあちゃん。もうちょっと、だめー？」

洋子「ダメです。」

竹雄「はーい。」

洋子「駆けてこないでね。そら、転ぶでしょ！ゆっくりで良いのよ。」

静子「そうねー。何か嬉しくて、私、急に元気になった気がするわ！竹雄君のためにも。主人のためにも、お父様、お母様のためにも。そして東京のお兄様ご夫婦のご恩のためにも！きっとあの子を立派に育てます！お姉様、ありがとう。許して下さいね。」

静子はベッドで手を合わせて泣く。

教会から鐘の音が響く。

次第に湖畔に早いアルプスの夕日が輝いていく。

幕

⑥山本家の場

○幕が上がる

夕方、山本家の母・洋子が花道から出てくる。静子の事、置いて来た竹雄の事、そして何より嫁のふみ子に何と言ったら良いか思いつめ、しばらく玄関を開けるのをはばかる。二階から津軽三味線が聞こえてくる。

ふみ子は決意をして玄関を開ける。

洋子「ただいま!」

ふみ子「お母様!お帰りなさい。お疲れになりましたでしょう!静子さん、いかがでした?あら?竹雄は?竹雄はどうしました?」

洋子「あぁ、竹雄はね、まだ夏休みだからもう少し居たいと言って。それじゃ、折角だからあちらで少し遊ばせてもらおうと思って…。」

ふみ子「だって、竹雄はまだ夏休みの宿題も残っていますから…。」

洋子「大丈夫よ！私がまた急いで迎えに行きますから！竹雄だって少しはのんびりとさせてやりたいし、向こうの皆さんも竹雄ちゃん、竹雄ちゃんと可愛がっていただけるものだから、ばかにあの子、向こうの家が気に入って、おばあちゃんはまた迎えに来てくれればいい、って…。」

そこへ二階から順一が下りて来る。順一は即座に竹雄を無事、先方へ預けた様子を見届けながら、

順一「お母さん、お帰りなさい。お疲れ様でした。静子はどうでした?」

洋子「あぁ。只今、帰りました。」

ふみ子「静子さん、いかがでした?」

洋子　「お医者さんもご家族も、癌の方は初期だと言っていたんですが、結局は安全のための手術をするようなの…。」

ふみ子　「静子さん、お可哀相ですけど…。お母様、今、癌治療は本当に日進月歩で心配ございませんわ！必ず治りますから…。すぐお元気になりますわよ。」

洋子　「ありがとう…。それから何か沢山お土産をいただいて、後で別便で送っていただくことに致しましたの。ごめんなさいね。これ、機内で買った貴女の香水と口紅よ。」

ふみ子　「それどころはございませんのに！ありがとうございます。」

洋子　「太一は？」

順一　「あの子は今、休憩していたんですが、宿題をするってすぐそっちの部屋へ入っちゃったんです。」

ふみ子　「太一！太一！」

ふみ子は二階へ向かって、大きな声で叫ぶ。順一は二階の上り口で

順一「太一！太一！おばあちゃんが帰ってきたよ！早く下りていらっしゃい！」

太一「はーい。あ、おばあちゃん、お帰りなさい！静子おば様は？」

洋子「ええ。今も話していたんだけど、結局、手術をすることになったの…。太一、お前にも別便で御土産を頂いたんだけど、おばあちゃんはなるたけ手ぶらにして

帰って来たもんだから。お前にはスイスのチョコレートとクッキーと、何か記念のユング・フラウ・ヨッホのメダルだけど、好きかと思って。それと絵葉書!竹雄はまだ居たいと言うから、しばらく預かってもらう事にしたの。お前、宿題なんだろ、早くやっておいで!」

太一「はーい!おばあちゃん、ありがとう。僕、ちょっと、早くやっちゃやないとやばいから。おばあちゃん、ありがとう!」

太一は二階へと上がって行く。

洋子　「順一にはチーズとワインだけ機内で買ってきたのよ。」

順一　「ありがとう！お母さんはそれどころじゃなかったんだから、そんなに気を遣わなくていいのに。ありがとう。今晩、楽しみにいただくよ。それじゃ、僕も用があるから。お母さん、余り取り越し苦労はしない方が良いですよ。向こうの、何と言っても州立病院なんだから、大船に乗った気でね。夕食は？」

洋子　「機内食で結構美味しくいただきましたよ。」

順一「それは良かった！ともかく、長時間お疲れでしたでしょう。今夜はグッスリお休み下さい！僕はちょっと書き物があるから、先に二階へ行きます。お疲れ様でした。」

順一は母の様子を見ながら、二階へ上がって行く。

ふみ子「ところでお母様、竹雄はいつ迎えに行っていただけますの？」

洋子はしばらく沈黙する。

ふみ子　「お母様、竹雄はまだ夏の宿題が残っていますのよ！」

洋子はなお沈黙を続ける。

ふみ子　「竹雄をいつ迎えに行っていただけるんです！」

洋子　「今、私は遠くから着いたばかりですよ…。あなた、順一から聞いていなかったの？」

ふみ子　「何をです？」

洋子　「竹雄のことよ。」

ふみ子　「私は順一さんから何もお聞きしておりませんよ。」

洋子　「なんであの人は何もあなたへ言わないんだろう。大事な事なのに！」

ふみ子　「大事な事？大事な事ってなんですか？」

洋子はキッとして

洋子　「静子に竹雄を育ててもらうということよ。」

ふみ子　「何ですって！私の大切な竹雄のことを勝手にそんな…。そんなに簡単に…、私に何の相談もなく、あんまりですわ！」

洋子　「私はとっくに順一から話は聞いていると思っていたし、順一は了解してくれたから手続きも済ませたし…。」

ふみ子　「手続き？手続きって何のことですか？あの人から何も、何も聞いていませんよ。」

洋子「それじゃ順一に聞いて下さいよ。順一も納得してくれたんですよ。私もあなたとも一緒に話したかったんですけど、まずは順一の承諾が第一だと思ったから…。」

ふみ子「そんな勝手な事、いくらお母様でも私は許せませんよ！」

洋子「あなたの気持ちは十分わかるけど、私はねー、娘の母親としてそれは可哀相で…（涙する）。静子の事を思うと眠れない毎日が続いて…。子供ができないって…、まして知らない環境で…。私は可哀想で可哀想で娘の母親として……」

ふみ子「私だって、大事な竹雄の母親ですよ！」

ふみ子が涙する。

洋子「あなた、ごめんなさい。（深々と座って謝る。）あなたに言わずに順一だけに話したのも、あなたが必ず反対することは分かっていたから。私も母親として二人の子供を育ててきたから、あなたの気持ちは十分に、分かり過ぎるほど分かりますよ…。

けれど静子が不憫で…。体も先生が思った以上に調子が悪いようだし…。

それに先方のご家族の皆さんが、非常に明るい、優しいご家族だし、殊にあちらのおじい様は本当に子煩悩なお方で、私はあのお宅へ着いた時にハッキリと決心したの！竹雄をあの家の養子として育ててもらおうと。私だって勿論、私の孫ですもの、竹雄が可愛いの、可愛くて可愛くて仕方がないの。ましてあなたは母親として大事に育てた可愛い大切な子供ですもの。ですから自分だけで帰る時、本当に後ろ髪を引かれる辛い思いでした…。」

静子「よーく分かりました。どおりで…。

私はあちらの時間を見計らって、主人には黙って何回か電話をかけました。…でもなぜか竹雄は留守でしたし、お母様もお出になりませんでした。

今、休みましたとか、今、二人で出かけましたとか、恐らく居ても電話に出してはくれなかったと思います…。」


洋子「あなたには順一が充分話をして、納得していただけたものと…。

（泣きながら）勘弁して下さいね。うちには太一が頑張ってくれているんですから…、娘の命を救うためにも、我慢してやって下さいね……」

洋子は拝む気持ちでふみ子に泣いて詫びる。

ふみ子はその場に泣き伏す。

洋子「静子はご承知の様にすごく気を遣う人だから、今度もあなたの事ばっかり…。（泣く）竹雄ちゃんが本当に自分に馴染んで、私達の家族になってもらえるかしら…って、私が病院で静子に会えばこの話ばかりで…（泣く）。

私は静子のこれからの容態が気にはなりましたが、いつまでも竹雄と一緒に居ると、竹雄といざ離れることが余計難しくなると思って。幸い、『おばあちゃんは、またお迎えに来てくれれば良いから。僕はこの家でしばらく遊んで、それから迎えに来てね！』と。

それを良い事に、向こうのお父様、お母様、ご主人も、竹雄ちゃん、竹雄ちゃんと本当にご自分の孫か子供の様に可愛がって下さって…。静子も何かすっかり元気が戻って、体の方もこの分なら心配ないと医師も言っている様だし…、私は思い切って帰って来たの…。

あなたには本当に申し訳ないと思っています…。邦夫にも妹のためとはいえ、よくぞあんなに可愛いがって育てた子を手放してくれたと思うと、心から感謝しているんです…。私は本当にあなたにも辛いし、順一にも悪い、申し訳ない気持ちで一杯なんです……」

ふみ子「お母様！太一も竹雄も、私の命です！子供は私にとってかけがえの無い宝物です！子供は神様が与えて下さったんですよ！お母様のお気持ちはよく分かりますが、余りにも身勝手です、しかも主人に一方的に押し付けて。主人はご承知の様にとても優しい人ですから、お母様に言い負かされたんだと思います。お母様という人はただご自分の娘の事だけ考えて、私…嫁の私なんか二の次にして、私なんか、私なんか、母親の私なんか無視して、あなたは冷酷としか思えません！鬼ですわ！私はこれから向こうへ行って、竹雄を返してもらいます！」

ふみ子、泣く。洋子も泣き崩れる。
そこへ順一が二階から事の次第を知り、降りて来る。
黙ってふみ子のそばに立つ。

順一「ふみ子…、ふみ子。」

ふみ子は泣いて、返事をしない。

順一「すまなかった…。お前に何も言わずに…。いや、とても言える話ではなかった!僕も母からとっさに聞かされて、すぐに断ったんだ!が…、母は私の胸ぐらを掴んで必死で…頼まれた…。私は母にすがられて…、母の泣く顔を目の前で見せられると…。

私を産んで、小さい時から大事に育ててくれた母のと方にくれた泣き顔を見て…、そして愛していた親父が亡くなった時のあの叫ぶような泣き顔…、色々な思いが重なって、俺達が犠牲にさえなれば、母への恩返しになる。妹の静子の為にもなると…。

私の勝手な馬鹿げた判断で、お前にも相談しないで許してしまった…。ふみ子、すまなかった！」

順一も男泣きに泣く。

ふみ子「私は、何と言われても許しません！あなたは、あなたの母親として考えるんでしょうが、私はあくまで竹雄を産み、育てた母親として許せません！竹雄を取り返して参ります。これからすぐに行きます。大事な竹雄を誰に渡せますか！」

洋子とふみ子は泣く。順一は立ったまま、

順一「よし！ふみ子、すまなかった！私はとてもお前に言えなかった！私もお前とこれから一緒に行く！行って、私から静子に謝る。そしてご両親、ご主人にも私が謝る。お前の言う通り、竹雄を連れて帰ろう！」

ふみ子　「あなた！ありがとう！分かって下さって。ありがとう！」

二人は抱きあい、順一とふみ子はすがりついて泣く。洋子も黙って泣くだけである。

電話が鳴り、順一が急いで受話器を取る。

順一　「あぁ、邦夫さん！え！え、静子が危ない！え、え、え、高熱！肺炎が併発！命が！あとどれだけの命って医者は？今、母にかわりますから！」

洋子は震える手で受話器を取る。

洋子「邦夫さん。」

洋子はそう言った途端、泣いてしまう。
ただ邦夫からの話を頷きながら聞くだけである。

洋子「私、これから参ります。間に合いますか…。」

洋子は泣きながら受話器を置く。

順一「お母さん、私達も一緒に行きます！ふみ子、急いで仕度してくれ！お母さんも気をしっかり持って！僕は出発時間と航空券を手配します！ふみ子！パスポートを出して！」

洋子「静子！お前はどうして私を一人置いて先に行くの！」（ひとりごとを言う）

順一「お母さん、しっかりして下さいよ！まだ静子は死んだわけじゃない。頑張っているんだから。静子は大丈夫だよ！」

順一も男泣きに泣く。

暗転　幕が下りる

⑦ 終幕

予鈴のベルが鳴る。次第に場内は暗くなる。

アルプホルンが静かに流れながら、次第に青い照明で場内が明るくなる、そして右隅天井近くが、スポットの白い照明で何となく明るく照らされ、そこから静子の声が静かに聞こえてくる。


静子「お母様!!そして皆様、色々ありがとう!本当にありがとうございました!私はこれから、大好きな私のお父様に会いに行って参ります。

皆様にこんなに親切にしていただいて、私は幸せでした。お母様、ごめんなさいね。お姉様、お兄様にはたいへんご心配をおかけして。でも竹雄ちゃんと楽しい思い出ができて、何とお礼を申し上げたらよろしいか…。

そして邦夫さんありがとう！私は日本一のご主人とめぐり合ってとても幸せでした。いつも深い思いやりを頂いて楽しい毎日でした。心から感謝致します。あなたといずれ一緒に日本の各地を回る旅行が、私の楽しい夢でした…。ごめんなさいね……。お父様、お母様、ゆき江さん…、ご親切にして頂いてありがとうございました。私はこんなにお優しい皆様に囲まれて、本当に幸せな二年の月日でした。心からお礼を申し上げます…。そして竹雄君は私に夢と希望を与えて頂きました、ありがとう！お母様と夏休みの宿題、忘れないでね！

私はこれから天上の父へ、レマン湖のほとりの楽しかった思い出話をいっぱい持って参ります。優しい皆様、本当に、本当にありがとうございました…。皆様、さようなら…。」

そして静子の声がこだまの様に消えてゆく。

場内は明るくなって幕が開く。

背景は鈴木家の居間である。

その舞台の前に、配役一同が立って、並んで挨拶をする。そこへ花道から竹雄が走って出てくる。

後に幸子が小走りに続く。

幸子「竹雄ちゃん、竹雄ちゃん！危ないわよ！」

竹雄「ママ！ママー、ママー！」

ふみ子「竹雄！竹雄！」

竹雄「ママ、遅いじゃん！」

ふみ子は泣きながら、竹雄をしっかり抱きしめる。

ふみ子「ごめんなさいね！ママ、忙しかったのよ。」
竹雄「僕、これから帰って夏の宿題があるから、頑張らなきゃ！」
ふみ子「いいのよ。そんなに頑張らなくて！」
竹雄「静子おばさん、可哀相だねー。」
ふみ子「そうねー。可哀相ねー。でもお前が残っていたから、静子おばさんはきっと喜んで下さったに違いないと思うわ！」

雄一「邦夫！お前がお父さん達と一緒に住もうと折角言ってくれた親切を、私は一生忘れないよ。だが、私はお母さんと一緒にこのスイスで、子供達のために精一杯働いて、レマン湖のほとりに眠るよ。なあ、お母さん！」

幸子「勿論ですよ！邦夫の親切は有難いけれど、私はゆき江ちゃんの進学も考えなければいけませんし、良江のお産も控えているし、まだまだ母親としての仕事だけで大変ですわ！」

ゆき江「おば様！私、卒業して大学へもおば様のところから通わせて頂きたいの。私はこの間、両親に連絡した時におば様のお家さえよければ……て、私是非お願いします！私、大学を卒業したら、お姉様の様に、ドイツかフランスかで働いて、ＥＵの国々を見て歩きたいの。まだまだ夢がいっぱいあるのよ！おじ様、おば様！いいでしょ‼」

雄一「ああ、いいとも、いいとも‼ゆきちゃんがいつまでもおじさんはいてもらいたいよ‼」

幸子「私も大賛成ですよ！早速ご両親様へ私もお電話させて頂くわ‼」

邦夫の胸には白い布で被った静子の遺骨がいだかれている。

邦夫「僕はお父さんやお母さんのお気持ちは良く分かりました。僕は会社の残務整理をしてから僕の愛する静子を連れて、日本へ帰るつもりです！商社の方も二年のスイスでの実績を生かして、いつでもポストを空けて待っているからって、この間、電話で温かい返事をもらったんですよ。いい機会ですから、僕は日本の将来に『頑張れニッポン！』の気持ちで少しでも役に立ちたいと思っていますよ。」

洋子「私は皆様に深くお詫び致します…。でも…、母親が娘を思う気持ちだけは、皆様に分かって頂きたいの…。」（静かに泣く）

雄一「お母さん、やめて下さい、あなたのお宅とは親戚ですよ。これからもちょいちょいスイスへ遊びにいらしてください。僕達もしばらく行っていない日本の温泉にでもゆっくりつかって、みたいなー。お母さん、その折はよろしく！」

洋子「嬉しいですわ！皆様お揃いでいらして下さい！」

幸子「お母様、是非。お待ちしますわ！竹雄ちゃんも、この次の夏休みは勉強道具を持って、ママと一緒に来てね。お母様方のお部屋も、ちゃんととってございますから。何と言ってもスイスはヨーロッパの中心ですから、ここを足場にして、色々と旅行を楽しんでいただきたいわ。是非いらして下さいね！」

洋子「ご親切ありがとうございます。」

順一「このたびは静子に代わりまして、本当に皆様に深く感謝申し上げます。このご恩は私達も一生忘れません！母は旅行が好きですから、静子のご縁でまたおじゃますかと思います。その節は宜しくお願いします。私の夢は、太一を日本一の津軽三味線奏者に育て、僕と一緒に世界を公演旅行することです。なあ太一！」

太一「うん！僕は静子おばさんのためにも、冬のレマン湖のほとりで津軽三味線を弾いてみたいんだ！そしてお父さんと一緒に、日本の文化を世界の人達に聞いてもらうのが僕の夢なんです！」

雄一「さあ、皆さん！おなごりおしいけれどフライトの時間に間に合うよう、お立ち下さい！太一君も竹雄君も、さようなら！また来いよね。待ってるよ。」

竹雄「おじちゃん！おばちゃん！静子おばちゃまの旦那さんと、ゆき江お姉ちゃん、さようなら！」

みんなが手を振りながら挨拶する。

アルプホルンの音色が明るく流れる。

終幕

あとがき

この度は脚本をお読みいただき、まことにありがとうございました。

この物語は母と娘の心情を書いてみました。

私は年を重ねて、つくづくと人間にはお一人お一人、それぞれに深い人生ドラマの足跡があることを、今更ながら奥深く感じております。

また、各ご家族が喜びや、ご心配や、悲しみを包みながら日々を暮らしていることも、分かってまいりました。

私自身も勿論その一人でございます。

だからこそ私達は、しっかりと前を向いて歩いて行こうと思っております。

今回は私の仲間の昭元会の方々、戦前・戦中・戦後を未だ元気に歩み続けている方々から過分なエールを送っていただき、且つ、『財界』の村田主幹からは祝意を頂戴し、ありがたく、厚く、感謝と御礼を申し上げる次第でございます。

【著者紹介】

永谷 宗次（ながたに そうじ）

1926年（大正15年）11月23日生まれ。46年東京工業専門学校（現国立千葉大学）卒業後、図書印刷入社。48年同社を退社し、家業の永谷園本舗（現永谷園）復興へ協力。53年愛宕写植㈱を設立、58年同社を譲渡。同年永谷園本舗に副社長として入社。副会長を経て2000年より相談役に就任、現在に至る。

脚本　レマン湖のほとり

2013年4月2日　第1版第1刷発行

著　者　永谷宗次

発行者　村田博文

発行所　株式会社財界研究所

［住所］〒100-0014　東京都千代田区永田町2-14-3赤坂東急ビル11階

［電話］03-3581-6771

［ファックス］03-3581-6777

［URL］http://www.zaikai.jp/

カバー撮影　小野祐次

印刷・製本　図書印刷株式会社

ISBN 978-4-87932-090-2

定価はカバーに印刷してあります。